歌集

風のおとうと

松村正直

六花書林

風のおとうと　＊　目次

二〇一一年

二〇一二年

二〇一三年

装幀　真田幸治

風のおとうと

二〇一一年

茂み

いちはやく左岸の樹々は色づいて右岸と秋の
色を分け合う

つながれて自転車は樹の下にあり辺りの草を
食むこともなく

若くして逝きたる人の日記なり三食ごとに
「肝油」と書かれ

功罪のとりわけ罪を言いながらふところふか
く入りこむひと

はじめから反対だったと薄紙が剝がれるよう
にこの人も言う

今でもよく覚えていると言うときの思いは既
に薄れつつあり

バス停はいつまでバスを待つのだろう茂みの
中に半ば埋もれて

身の丈を超える薪《たきぎ》の束を負うこの金次郎は
仏像に似る

I

日曜の朝ともなれば歌いだすまな板というし
ずかな板が
好きなだけ時間をかけて自らの歯を磨くとは
贅沢な時間

食パンの白きが二枚浮いており龍神さまと呼ばれる池に

週末の見舞いを終えて乗りこみしエレベーターは鳩の匂いす

駅員に起こされしひと秋空の雲のようなる顔をしており

ひややかな秋の空気と見ていしが「本日休館」
の札は下がりぬ

烏瓜の揺れしずかなり死ののちに語られるこ
とはみな物語

あぜ道の日当たりの良い場所に立つ木の電柱
に木の色ほのか

よく冷えた冬のあおぞら連れられて心療内科
という場所に来つ

それぞれに傾いている五枚の絵どれがまっす
ぐですかと訊かれ

カウンターあればすなわち制服の人と私服の
人とを隔つ

ラーメンをつるつる啜る早すぎる死などとひ
との言うを聞きつつ

表より眺めるだけで陽の射さぬ古墳のなかに
子は踏み入らず

丼のあたたかき具のうえに載るうずらの卵は
昭和のこころ

チョコレートパフェの上にぞ一つのる赤きチ
ェリーは希望のごとし

どのくらいまでが健やかなのだろうなしょな
りずむに水をやりつつ

ずかずかとにはあらざれど踏み入りしことに
変わらず亡きひとのこころに

大いなるつばさよぎりてひえびえと池のほとりに立つ研究所

このへんでもうよかろうと言うように厚きまぶたは閉じられにけり

裏見の滝

白樫が雪の重みで倒れたと告げるあなたのしずかなる声

外は雨であるかもしれず何ごともなければ海であるかもしれず

日光市足尾町

山肌を若きみどりは覆いたりもう名前まで明るくなって

等高線なぞるがごとく敷かれたる鉄路をふるき車輛はすすむ

トンネルの向こうはつねに明るきを時おり揺れている腕時計

自動車のつらなる列はすすみゆく馬返《うまがえし》とい
う地名のあたり

昭和二年の地震にともなう崩落は裏見の滝を
名のみとしたり

名ばかりの裏見の滝となりしより見物客も多
くはあらず

本館と新館ありて雪ふかし見えざる地下の通
路がむすぶ

Ⅱ

リコーダーは素頓狂な音を出すものなり子に
も強くは言わず

小雪ふる道を歩いて今日は行く税務署という
小さな役所

いっぽんの道を挟んで教会と税務署とあり右と左に

のし餅がいるなら電話するように、父につたえる母の伝言

もう長く使わざりしがざりざりとした手ざわりの砂の消しごむ

もっとも愛した者がもっとも裏切るとおもう
食事を終える間際に

母鳥のつばさのごとく春はきてハクモクレン
の花をはぐくむ

いかなる理由のありしかは知らずその人の覚
悟の強さのみをわが知る

楽しくてお酒を飲んでいたころの私を思うか
ぷかぷとして

死ぬ日までもう飲むことのない酒をしずかに
思う湯船のなかで

ここでおまえは何をしてると問われしは何を
していた時のくらやみ

注がれてシャンパンタワーは満ちてゆく春の
明るき棚田のように

隣室に妻は刃物を取り出してざくりざくりと
下着を切るも

砲弾のごとく両手に運ばれてならべられたり
春のたけのこ

幼子を連れて桜の下をゆく晴れがましさよ
思い出したり

謝るしかなくて謝るひとをまえに腕組みて怒
号を飛ばすことなかれ

投げ入れる人間あれば見えねども空井戸の底
に石は増えゆく

南禅寺水路閣にはながれゆく琵琶湖より来し
やわらかなみず

心よりと書きたるのちに気づきたり心よりで
はあらざることに

鎌を持つおとこと道ですれ違うおそらくは草
を刈るためのかま

ひこうせん

ああすでに五月の空はなにごともなくあらわ
れている飛行船

空に浮かぶ帆船だろうゆるやかな時の流れを
ともないながら

網膜のうえを音なくすすみゆく遠近感もよほ
どくるって

歩みゆく今日のこころのなかほどに浮かんで
いたり飛行船ひとつ

みなみから北へながれる鴨川のただしい記憶
はどこまでだろう

屹立するひるの零時となりしころ雲はとどまる時計台のうえ

思い当たることのひとつはやわらかなサンドイッチに触れるくちびる

ぼんやりとしてしまいたり空腹を食べたるのちに胃はなくなって

ゆびさきが時おりつよく痛むのはなにゆえに
つよくいたむ指先

消しごむで消されたように消えている　叫び
の色をのこすことなく

向きをかえて五条通りを西へゆく誰もあなた
を見なかったのか

空を飛ぶものはいくつもあるなかで忘れられ
ないのが飛行船

Ⅲ

本棚の裏より出でてこれは子の隠し置きたる
ふるき飴玉

よってたかってみなでこわしておきながら春
のひかりがまぶしいと言う

春空はときどき光ることがありそのように声
を立てる少女は

パンを焼くひとが奥よりあらわれてパン売る
ひとと言葉を交わす

先生に向かって子らは手を挙げるはいはいと
池の緋鯉のように

「輓《ばん》」も「曳《えい》」も常用漢字になきことの平成
の世のばんえい競馬

うつくしき比喩としてのみわれは知る走馬灯
然り焼けぼっくい然り

ひととせの後に編まれし遺歌集に死ののちの
うた一首もあらず

雨が降ればおのずからできる水たまりそのか
たわらを時は過ぎゆく

歩道橋のうえより見ればひろびろと光をかえ
す道がありたり

ここに来るまでの歩みを巻きもどし頭のなか
に傘をさがしぬ

中心でありし場所からひときれの切られしピザを食べ始めたり

帰らんとするばあちゃんを呼び止めて飴玉ひとつ与えたり子は

切る音と切られる音がずれてゆきやがてねむりぬ昼の床屋に

呼び出しの音が続いてもう死んでいるかもしれぬ父かと思う

わが視野の端にゆらめく扇子あり時おり小さきあくびなどして

同じ釜の飯を食ったということも幻想と言われればげんそう

重石のせられて次第になじみゆく人間だって
同じことだよ

カシューナッツ

まがたまのカシューナッツのひと粒をつまん
では嚙み、嚙んではつまむ

町の名前がひとの名前と結びついてしまわれ
ており身体ふかくに

その先は入ってならぬところにて見えない線
のうえにたたずむ

さてどこへ行ったのでしょう紫陽花のつまさ
き雨に濡れているだけ

言えること、そして言えないことがあり言え
ないことを少しだけ言う

Ⅳ

古屋根に雨ふる駅の小暗さがのどもと深く入りくるなり

三階によきこと何かあるらしくまたのぼりゆく朝顔の蔓

ゆうぐれはドアにドアノブあることのこんな
にもなつかしくて　触れたり

朝が来るたびに目覚めて君と会う白い皿には
パンが置かれて

松江なるフォーゲルパークの鳳五郎《ほうごろう》なつの日
差しをとんとん歩く

いくたびもセロハンテープで補修され厚くなりゆく思い出ひとつ

モノクロの写真のなかにかかりたる橋は今この渡りゆく橋

首のない狛犬ありてあらあらと古美術店の入口に立つ

乗り換えの駅までを歩く読みさしのページに
ひとさし指を挟んで

六十三個今朝は咲きたるあさがおがこの家の
なかでいちばん元気

彎曲するプラットホームの先に立つ横顔ふい
に見えてうつむく

ねむらんとして暗闇のベランダにほどけつつある朝顔を見つ

この先は小さな舟に乗りかえてわたしひとりでゆく秋の川

パンを買うひとのトングの迷えるを二階席より見つつ楽しむ

秋田県に生まれし父は神奈川県にひとりで暮らす七十年後

夜に浮かぶ列車のホームあかるくて人のかたちが流れてゆきぬ

ふたりのうちひとりが遅れて来ることもおそらくは勧誘のマニュアルのうち

小雨ふる路地を歩めば玄関に立てかけられて
回覧板ひとつ

二〇一二年

V

緑茶一杯のみたるゆえにゆうぐれはうすみどりいろの息を吐きだす

手を触れることのできないベランダに干されて秋の家族がならぶ

電車賃ふた駅分をよその子に手渡しぬ遠き日暮れのように

路線図に琵琶湖は細く描かれて二本の線に挟まれてあり

河川敷ひろがるなかをほそほそとながれてみずは南へむかう

線路は肉体、されど鉄路は精神であるをあえなく消去されたり

みちのくの旅のつかれは口論となりて旅館の廊下にひびく

金網に竿をわたしてどなたかの衣服がひるの路上に揺れる

火をつけたひとがどこかにすむまちの秋ふか
まりてあおぞらばかり

人形をあきなう店が地下にあると知りてより
ここに階段がある

そののちの傘の長さを持てあましつつ歩みゆ
く御所のあたりを

地図にのみあって地上になき道がこの藪を越
えて山頂へつづく

お昼すぎよりねむりたりねむりつつふくらん
でゆく赤子のからだ

人の手に触れるもののゆえ愛されて形おもしろ
き文具がならぶ

あこがれとあきらめとあり天秤はまたあこがれに少しかたむく

鉄橋を渡れば見えてくる町の偶然だけがいつも正しい

クレバスを渡るがごとく電車より降りゆくひとの背中につづく

人あまた行き交う四条河原町　北緯三十五度
の碑が立つ

愛憎がやがて反転することの、卓上に水がこ
ぼれることの

日の暮れにシーツをたたむ去りゆきしひとの
思いは知らずともよし

八つには裂けることなき八つ手の葉よき音たてて時雨をはじく

すずかけの木の実が風に鳴りだしてしゃりんしゃりんと行く冬の道

天橋立

雨ばかり降る町に来て魴鮄《ほうぼう》の煮付けを赤き箸
にてつまむ

ほうぼうは海底《うなぞこ》に棲む魚にて皿の真中に腹這
うごとし

けぶりたるあまのはしだて見やりつつゲーム
コーナーに過ごす、二時間

スリッパに交互に音をきしませて廊下の果て
の男湯へ行く

亀の背に乗るわかものの描かれたる壁の向こ
うは女湯のこえ

北向きの「安寿」の部屋に眠りたり夜が更けてより聞く波の音

通りには魚干されて並びたり明るくなりし窓を開ければ

Ⅵ

よってたかってあなたのことを踏んでゆくひ
との清しき足のうら見ゆ

あの人もきっとわたしを踏むだろうその美し
き足のうらがわ

子のためと言ってわれらがなすことのおおかたは子のためにはならず

二分の一成人式に子が読みし「お母さんお父さんへ」の手紙

一年のちがいで随分えらそうなことも言いしよ学生のころは

見るからに薄くなりたる冬の川ながめておれば鴨が横切る

立ち並ぶ足のあいだをすり抜けて子らは近づく神楽舞台に

篝火に照らし出されてにんげんにおもての顔とうらの顔あり

たわむれに垂らしし蜘蛛の糸は切れあゆみ去
るお釈迦様のほほえみ

一度だけふるえたことのある心　今でも端が
かたく黒ずむ

巨いなる岩にその身を刻まれて小雨ふるなか
不動は立つも

エキナカの指名手配書そこだけが七〇年代の
髪型をして

待つことが春だったのだ花の咲くわたしの中
を私は過ぎて

花びらがひらいて深く反ることの、反りてし
ずかに落ちゆくことの

風景にやがてなじんでゆくまでを永遠にガラス張りの市庁舎

つまずきしのちの数歩は小走りになってその場をはなれゆくひと

売れるものをますます売ればそれでよく売れないものは棚からしまう

ひるの電車にむすめはねむるひらきゆく膝い
くたびも揃え直して

「一月の川」「聖パウロ」「良い空気」よふけの
地図をゆびにたどれば

細長きビルに入りぬ手ぬぐいと湯呑がうつる
窓を見あげて

その先は屋根なきゆえに立つひとの少なき場
所に電車を待つも

定かにはあらねど人の住むらしき家あり白き
チューリップ咲く

Ⅶ

将棋なき頃はこの世にあらざりし将棋倒しと
いうをかなしむ

取り戻すことのできない日々が増えある日は
鵙の叫びを聞けり

みそ汁の澄みゆくまでを見ていしが宇宙に果てはあるのかと訊く

長年の御愛顧に感謝致しつつあずま屋が店を閉じてふた月

橋の上に降り出す雨は傘を持つ人と持たざる人とを分かつ

美しき祈りばかりにあらざるをお百度石に小
石は置かれ

車輪すべて通過せしのちしずみたる枕木はも
との位置にもどりぬ

春落葉ふりつぐなかを歩みきて狛犬に午後二
時の陽が差す

よじれつつ黒きけむりの立ちのぼるあの屋根
の向こう「菊乃湯」がある

ゆっくりと瞼を閉じる　この桜は神木なれば
写真に撮らず

刈る言葉、刈られる言葉、刈られたるのち植
えられてしずかな言葉

くすみたる団地のわきに藤棚はうすむらさき
の香りを垂らす

らんかんをかんかんかんたたく傘の音ひびきて子
らの下校の時刻

夢のなかに置き忘れたる青き傘ふたたび同じ
夢は見ざりき

参道の樟の若葉に濾されたるひかりは揺れる
石碑のうえに

幾千のまだやわらかき葉を垂れて樟の木はけ
さ羽化したばかり

群がってつつじは咲くをはつ夏のわれには暗
き内臓のあり

はい、息を大きく吸って、真昼間のからだ重
たげに飛ぶ黒揚羽

曲り家は人馬がともに暮らす家　プラスチッ
クの馬が立ってる

昼すぎの部屋に四角く鳴りつづけ黒き電話は
鳴るを止《や》めたり

るり渓

緩急のある音楽を聴くように渓流に沿って四キロのみち
「玉走盤《ぎょくそうばん》」「双龍淵《そうりゅうえん》」と付けられし渓谷の名をたどりて進む

和室へと案内されて少年は金庫にしまう麦わら帽子

くすみたるガラスケースに売り物か置き物か知らぬ品々ならぶ

渓谷を見るためにのみ人々の訪れし明治も昭和もはるか

Ⅷ

死を思いつつ歩みゆくわがからだ天理の町を
通り過ぎゆく

それ以上燃え広がるということはなくて躑躅
の花も終わりぬ

おさなごのねむれる足は力なく母の歩みのままに揺れたり

「竜」という字の部首「龍」であることの、通りを抜けて二次会へ行く

小《お》郡《ごおり》という名の駅はもうなくてこころに雲がぽつんと浮かぶ

山間の鉱泉宿にうつむいてブロック崩しして
おり今日は

隣りより追い払われし太き蠅わが皿に来てふ
ちに止まりぬ

涼やかに木蔭を流れゆく川の早口になってか
らがほんとう

ふつふつと沸き立つお湯に水を差すこと楽し
くてこの人は言う

缶詰の中に知らない町がありカラフトマスの
中骨がある

降りる人が先よと告げる声がしてわれは降り
ゆく日暮れの駅に

この先に小さな橋があるはずと思いつつ来て
橋はなかりし

堰堤を越えてあふれておちてゆくしばらくは
水のたのしき時間

苦瓜《ゴーヤー》も南瓜《かぼちゃ》も胡瓜《きゅうり》もうりなれば黄色い花を咲
かせてしずか

一羽が九個のピースになるという
胸《キール》・手羽《ウイング》・あばら《リブ》・腰《サイ》・脚《ドラム》それぞれの姿を
思いながら食うべし

父と子のあいだ何度か行き来してシャトルは
草のうえに落ちたり

第二の都市で戦闘が激化すると言う日本で言
えば大阪あたり

人の身に関わる事故を告げしのち電車は長き
沈黙に入る

愛知県名古屋市緑区桶狭間より届きたり雨の
速達

一つ一つは小さき花のさるすべり吹かれるま
まに坂をころがる

気軽に電話かけてきてよと父に言う掛けてくることなきを知りつつ

後ろ六両は切り離されてこの先は三両でゆく能登半島を

分布図は書き換えられて中心にありしものほど遠ざけられつ

あつき湯に足首までをひたしつつ眺めていたり七尾《ななお》の海を

道を聞くひとと教えるひとといて日はかげりゆく秋の三叉路

欠落をさらに大きな欠落で埋《うず》めて秋は穴ぼこだらけ

秋の陽のさすフロアーにとどまりてエスカレーターの手すり拭くひと

この世では出会うことなき大根と昆布をひとつ鍋に沈めつ

奈良

天の高みを目指すは塔の常なれば落雷により
失われたり

ほのぐらき本堂に目の慣れたころほとけは薄
きまなこをひらく

全身をくまなくわれは見られつつ歩みをすすむ如来のまえに

人は死に仏像のみが残りたり内陣に立つ波夷《はい》羅《ら》大将

せんべいを手に持ち走る子のすがた鹿のあいだに見えなくなりぬ

木の葉うどん食べるわが身を店の外から見て
いるは誰のひとみか

かんむりの象をかぶりて五部浄《ごぶじょう》の胸より下
のからだはあらず

東京国立博物館にあると聞く遠くはなれて五
部浄の腕

夕されば鹿のひとみの中にある野原にきょうも子どもが遊ぶ

ねえ阿修羅まだ見ぬひとに伝えてよ今日ここにいた私のことを

水玉

陰陽をつながんとして山ひだのふかきところ
へ鉄路は向かう

みずたまにみずたまふれて輪郭のゆるくとけ
あうようなひととき

金いろの屏風の前に立つひとの口はうごきて
ひかりをはなつ

タテに折りヨコに折りまたにんげんの身体と
あそぶ暖冬の午後

時計なき部屋に時間を過ごしたり陶製の鳥の
置物がある

ほそ長きパンにぎうっと挟まれてもう身うごきがとれない感じ

無理矢理ということ少し楽しめり午後のねむたい光のなかで

こんちくしょうこんちくしょうと木槌もて打ちこまれゆく一本の杭

ユリカモメの数もずいぶん増えました去りて
久しき人を思えば

脈打ちてホースの先より放たれし水はあかる
く路肩を濡らす

二〇一三年

Ⅸ

低き雲にからすは声の響きつつ黒きからだの
消えることあり

感情に任せてひとを傷つける、あるいは遠い
夏の海鳴り

欄干に布団ほされて飴色の陽が差しており川
と布団に

うっすらと皮の透けたる豆餅の見ればわかる
というやわらかさ

ランドセルにすすきを差してゆうぐれのいず
こより子は帰りきたるか

小籠包の皮のなかより溢れ出るショー・ロン・ポーという熱い息

十月も終わらんとして安らぐに商店街にかぼちゃは躍る

ハロウィンを流行らさんとする勢力をふかく憎みて釣り銭を受く

三か所に分かれて落ちる吐瀉物に夜更けのひとの歩みは浮かぶ

一日を働き終えてにおい濃き尿《ゆまり》を駅の便器に放つ

晩秋の道を歩いて駅へ行く「ささやか」というは肯定の言葉

ぽたぽたと屋根に枯れ葉の落ちる音　車のなかにひとり聞きつつ

幕末の白黒写真にうつりたるこの松の木の肌に触れたり

足裏を子に踏まれつつ目つむれば身体の芯がとおくなりゆく

夕映えを腹部に受けて飛んでいくうすくれないの機体を見たり

冬の陽はひくき位置より差し入りてしばらくは照らす如来のかおを

酒飲まずなりたるわれの失いし酔った勢いという愉しみ

けむり立つ大涌谷《おおわくだに》の黒たまご三十年ぶりに食
べて、むせたり

殻むけば白き卵のあらわれる黒たまご五ヶ五
百円也

茹でられて黒きたまごは空中を運ばれゆくを
見上げつつくだる

水鳥の羽しばられてはばたけずはばたけぬ鳥
を水にしずめつ

ふるさとを遠く離れてざりざりと流れるみず
に蜆を洗う

叱りつけてわれの壊ししブロックを拾い集め
て子の日曜日

けれど立場が人を作らぬこともあり夜明けの
空に雨降りつづく

角のごときを

つめたさに指は触れつつ水音のながれてきたる源を恋う

その枝に幾羽の鳥をやどらせてたそがれの杜に伸びるくすのき

周りから引きとめられてやめるのをやめるならやめるやめると言うな

食べようと見ている皿に輪郭のゆらぎはじめるドーナッ二つ

耳たぶに雪の予感は触れながら今日ふたつめの訃報を聞けり

そののちの月日をわれら会うことのなくて自
死せしことのみを知る

昨夜食べしハンバーグより流れ出てあふれや
まざる肉汁のこと

年齢とともに大きく伸びてゆく角のごときを
われらは持たず

白きゴムのマスクをせんと地下道にみずから
の見えぬ耳をさぐりぬ

待ち合わせ場所へ降りればくちびるの先にほ
のかな火をともすひと

まだ外はだいぶ寒くて灯のかげに通夜をして
いる古き家あり

鳴き声を三つ四つと投下して鴉が低く追い越
してゆく

X

おそれつつ眺めていたりとめどなく若布がみずにふくらみゆくを

しばらくは動かずにいる地下鉄があなたを通り抜けてゆくまで

人体のところどころに開いている穴のまわりを紙でぬぐいぬ

かたまりの雲のうえのみ明るくて丘には古き病院が立つ

中華そばの湖面に浮かぶ水鳥を追いつめてゆく箸の先にて

昼の身体が夜の身体と入れ替わるときに一瞬
わが身がにおう

白塗りの顔の地蔵をまつりたる祠のかげに水
仙が咲く

吊り下げてポットの底へ沈めゆく袋より紅き
色は流れつ

滲《し》み出して流れゆく水どこまでがあなたにと
って春なのだろう

それでも海のある方角は知っていて林の底を
流れてすすむ

しなちくかメンマか春の水面《みなも》より突き出して
いる二本《にほん》の杭は

春空の高きところを歩みゆくキリンは時に向
きを変えつつ

うすくれない

満ちてゆきこらえきれずに咲きたるを月のひかりに見上げていたり

猫の髭も動きをとめる白昼に桜は花のながれてやまず

飛んでくるはずのまばゆきミサイルを待ちく
たびれて花びらは逝く

病院の前に桜があることの、囁きながら散り
ゆくことの

くれないのうすくれないの君といてもうすぐ
終わる花の時間は

ただ一度触れたるのみに巻き戻すことのできない時間となりぬ

XI

一台が倒れてあれど自転車は仲間を助け起こ
すことなし

片道分の燃料だけを積み込んでこの使い捨て
の黒ボールペン

水死者のありしを聞けり夜に飲む疏水のみず
に臭いはあらず

小用をなさんと深くうつむきて人はおのれの
影に見入るも

ふたりから同じ話を聞く夕べどこかで深くつ
ながっている

縄暖簾のごときを分けて黄のむねの熊蜂は消
える藤のなかへと

肯定も否定もあらず春ぞらを条《すじ》なして雨のな
がれる夕べ

くすのきは色淡き葉を垂れており四月の風に
乾かすように

ベランダ越しに植木の手入れする人の顔がにわかに会釈をしたり

メイもサツキもほんとは死んでいるんだと子はジャムパンを食べながら言う

アボカドの種をきれいに刳り抜いてくりぬかれたる半球のかたち

道の駅の棚にならびて親のない春のこけしは
みな前を向く

皮と身の間を指にさぐられて串打たれゆく若
きうなぎは

もう会いに来ないでほしいゆうぐれが夜より
暗いこともあるから

大根《だいこん》・胡瓜《きゅうり》・鉈豆《なたまめ》・蓮根《れんこん》・茄子《なす》・胡麻《ごま》・紫蘇《しそ》
　福神漬のなかの神々

おだやかに見える流れが深々とまがりて崖を
削り取りたる

店員を罵倒しつづける男性にはつ夏のわが心
は足らう

白きゆえあるいは首のながきゆえはくちょう
を二度絞め殺したり

肉と人

むき合ってふたりで肉を食べているあなたも
わたしも肉であること

ひさびさにお店に肉を食べにきてゆたかにな
らぶ肉をよろこぶ

赤いところと白いところがある肉の何だかと
てもなまなましくて

肉と肉のつながることも肉なればくるしむこ
との多きこの世か

食べにくい肉もみにくい肉もあるすべてが肉
であると思えど

くちびるはあぶらに濡れてひかりつつ取りて
いちまいまた肉を食う

てのひらに叩いて押して窪ませて肉を好みの
かたちに均《な》らす

かなしみて食べたる肉がゆるやかにわたしの
肉となりゆくあわれ

うつせみの人のなかには肉があり肉のなかに
は人のあること

XII

残業の妻を待たずに子とふたり食事をすれば
叱るがごとし

もうわれを待つこともなく祭へと駆けてゆき
子は参道に消ゆ

ふたりして歩く初老の警備員　三階で会い五
階でも会う

言い合いをすれば次第に殖えてゆき子らが行
き着く無量大数

なつぞらの梯子を降りてきた足がお屋敷町を
歩きはじめる

卓上にびわを食べんとその皮を剝いてゆくとき指はよろこぶ

皮を剝けばそこから濡れてゆくびわの蛍光灯のひかりを映す

ひとり子はふたり親から叱られてぐちゃぐちゃに畳む小学生新聞

葉をひろげひかりを奪いあうさまを見ており
くらき部屋のうちより

テーブルの上に時間は乾きゆくうすぐらき醤
油差しが置かれて

水量のうしなわれたる夏の川まるく乾いた石
を踏みゆく

「係員は席を外しております」と札立てられて弁当を食う

もう旅に出かけることのない人がベッドにおのが手を見ていたり

輪唱のように列車の到着を告げる一番線二番線

松陰囊《まつふぐり》の訛ったものと教えればまつぼっくり
手に笑い転げる

あらかじめ記憶を持つというシャツを買いた
り壁のあかるき店に

後悔はしてないと言う半夏生してないならば
言わないものを

早朝よりクレーン車とまり景色から一本の樹
が抜き取られたり

八寒地獄はバチカン市国に似ていると辞書を
見ていた少年が言う

頞《あ》部《ぶ》陀《だ》・尼《に》刺《ら》部《ぶ》陀《だ》・頞《あ》哳《せち》陀《だ》・臛《か》臛《か》婆《ば》・虎《こ》虎《こ》
婆《ば》・嗢《う》鉢《は》羅《ら》・鉢《は》特《ど》摩《ま》・摩《ま》訶《か》鉢《は》特《ど》摩《ま》　八寒地獄

巻き網に掬い取られし小魚のきらきら跳ねて
新学期来る

探りつつ夜明けの空に張られたるロープのう
えを歩むがごとし

雨の日は半額になるうどん屋に海老の載りた
るうどんを啜る

夏風邪をひいた車掌をのせたまま列車はすすむ砺波平野を

曼珠沙華

西日さす道を歩いて持参せりついでで良いと
言われた物を

金属のコップのなかにうす暗い珈琲はあり氷
浮かべて

嗚咽するあなたと同じ部屋にいる励ますための言葉を持たず

お母さん、お母さんと言って君は泣くわたしの方に背中を向けて

ひとごとのように過ぎゆく人生の今日このいまは他人事ならず

十七ミリと言い二十ミリと言う胎児にはあらざるものが育ちゆくのか

つないでて欲しいと言われた右の手をいつ離ししか　覚めて思えり

再検査、精密検査すこしずつ失われゆく確率がある

おとなしい妻のからだに付き添ってわれのか
らだも病棟へ行く

台風の去りたるのちの鴨川の赤まんじゅしゃ
げ白まんじゅしゃげ

大丈夫、大丈夫だと繰り返す言葉にはなんの
根拠もあらず

渡りゆくときまぶしくてはつなつの若かりし
われら二人を思う

おできのようなものだと子には説明し遅くな
りたる食事をかこむ

XIII

のぼりゆく坂のなかばのローソンにしばらく
冷やす夏のからだを

上流の橋を見ながら渡りゆくみずからのわた
る橋は見えねば

たわみつつ張られた綱をわたりゆき時おりわ
れは落ちんとするも

上半身だけとなりたるガーベラが活けられて
おりあおき花瓶に

しろき手にみちびかれゆくこころあり言葉は
日々の楔となるや

すれちがいばかりの日々の踊り場に輝いており
ステンドグラス

堰き止めてせきとめられてあふれ出る水のちからのひとかたならず

コースからしずかに逸れてゆく馬を見ており
秋の競馬場にて

京都の人と私を思っているらしく京都のこと
を褒めるこの人

竹藪より出で来しひとの右の手に握られてお
り長き刃物は

子と同じ電車になって帰りゆく坂にはまるき
月が出ており

曼珠沙華のかたちなれども色褪せてふつうの
花のように枯れゆく

柿の種ひとつぶふたつぶ噛みながら言わない
でおく自分のことは

教盛《のりもり》経盛《つねもり》知盛《とももり》資盛《すけもり》こもれびがときおりゆれる
七盛塚《ななもりづか》に

しばらくを電車の床に転がりていし空缶の行き詰まりたり

寿ぐというにあらねどわが胸のなかをはばたきゆく白き鳥

二〇一四年

寒き脇腹

見舞いにはなぜか行かない少年が今宵寝てお
り母の布団に

いつもよりしずかな人を前にして私はこえが
饒舌になる

四階のなき建物の五階よりながめる秋のまちのあかるさ

雨の日の病院は濃き匂いせり君のからだが運ばれてゆく

文庫本読みたるのちは弁当を食べて待つなり手術の終わり

午後二時を過ぎても終わる気配なし　わから
ねど良きことにはあらず

中庭に秋のひかりが揺れている車椅子ひとつ
通り過ぎたり

すべてはこの日のための練習だったのか秋の
ひかりも見えなくなって

ざっくりと真一文字に切られたるあなたの寒き脇腹を見つ

もう戻ることはできない黄昏のこれがはじまりか終わりか知らず

参鶏湯

くちびるにペットボトルの口を当て水のむひとののみどは沈む

今朝早く家を出るとき少年は行ってきますを三度言いたり

秋の陽のさす屋上にみずいろの病衣《パジャマ》病衣のひ
とはくつろぐ

深く病みて妻臥したるをわが家の戦力ダウン
と思うことあり

みずからの重さのままに浴槽のひとつ穴より
湯は抜けてゆく

三週間ぶりに三人揃いたり卓を囲んで食う
参鶏湯《サムゲタン》

体調のすぐれぬ妻に付きまとい世話をしたが
る息子を叱る

良い人と自分を信じていた頃の垣根に匂うキ
ンモクセイの花

ゆうぐれを終わらすごとく一度きり鳴いて鴉のその後は鳴かず

心配してくれてたんだと君が言う薬缶に沸かした白湯を飲みつつ

XIV

みずうみを右に左にながめつつ峠をくだりゆく秋のバス

いつの日もポイントカード持たざるをレジに短きやり取りはあり

ふかく息を吸い込むごとき間のありてばちばち冬の雨粒ひびく

この町の歴史をピンで刺すごとく樹齢七百年の杉の木が立つ

長いながい地下の通路のなかほどに段差のありて三段くだる

女性専用車両にひとり座りいることに気づきぬ地上へと出て

あやまりとあやまちありて三叉路のどちら明るい道であろうか

男の料理、男の料理、子とならび十字に冬のキャベツを刻む

「大丈夫」にはあらざるを少年の揺れるちいさな息には触れず

にんげんはかなしいからだふれているのはにんげんはかなしいからだ

雪になったり明るくなったりする窓のなかのミスドにカフェオレを飲む

手を触れる

長くないと言われて遠く会いにゆく車窓に春の富士は明るし

お見舞いに喪服を持って行くべきか否か乾いた陽のさす窓辺

胸の上で組まれたる手に手を触れる生前は触
れしことのなき手に

一枚の布団のうえに横たわり死者は眠るとい
うことをせず

二十五年を母と暮らしし人なれど私にとって
誰であったか

年ごとにソメイヨシノは白くなり私に忘れら
れゆくことば

身《み》延山《のぶさん》のあかるき肌にこだまして放送は明日
の葬儀を告げる

かなしみは風に遅れて来るものを母親のなび
きやすき前髪

はるかなる過去となりにき食卓をともにする
のを厭いし日々も

鉄の扉が閉まりて骨となるまでをわが身は食
べるおにぎり一つ

なにゆえに骨が立派であることをわれわれも
言い係員も言う

壺のなかに入りきらずにざくざくと砕かれて
ゆく音のたしかさ

歳月に梳かれて白き砂がある、砂のなかには
何が残るか

喪主である母を支えて立つ兄を見ており風の
おとうととして

XV

わずかなる傾斜に沿って雪だるま溶けたる跡
の流れていたる
鉄板にならぶ窪みにひとつずつ蛸を沈めて無
口なおとこ

病院が川の向こうにある日々を歩いて今朝は
まんさくに遇う

少年は鏡を前に座りおり買いしばかりの眼鏡
に触れて

ぎんいろの細き眼鏡をかけた子をわが子に似
たる子かとも思う

陸奥国《むつのくに》毛馬内村《けまないむら》に生まれたる内藤湖南のなかの十和田湖

ホッチキスの中に小さき「ッ」のありてカチッカチッと紙を留めゆく

視野の端に今朝はあなたのいることが若葉のようなあかるさである

サイレンを鳴らして夜を過ぎてゆくなかに一
台遅れたるあり

降り立ちし岐阜駅前の靴屋にてわれに買われ
し二千二百円の靴

午前中に仕事終えたる豆腐屋が水とひかりを
片付けており

必ずと声を強めて言うほどに紙の余白はしろくかがやく

躑躅咲きみだれるなかにひび割れて瘋癲院のいしぶみは立つ

わたしよりこの木は長く生きるからこの木に触れて帰らん今日は

新島《しんじま》（燃島）

ふやけたる紙にまばらに記されし名前の多くは釣り人のもの

港には公民館とトイレありボタンを押せば水が流れる

屋根瓦つらぬき通す木の力、草の力、蔦の力を生みたるちから

堤防のうえなる猫は起き直りとすんと軽く道に降り立つ

一島が二十九世帯の子等あそぶ分校の庭午後の日暑く　佐藤佐太郎『群丘』

窓ガラスあらぬ窓よりのぞき見る学ぶ子も遊ぶ子もいない分校

子どもらはどこへ行きしか教室にふかき緑の
黒板のこる

篠竹に覆われせまき路《みち》をゆく時おり洩れる陽
を感じつつ

人住まぬ島に神社は残りたり注連縄にひとつ
紙垂《しで》をたらして

その先はとぎれて深き藪である　ヒッツヒッツとじょうびたき鳴く

桜島うみを隔てて聳え立つこの二百年を見守るごとく

肉と人、ふたたび

むね肉ともも肉ならぶ店に来てさびしい肉は
むね肉である

刃の先をしずめゆくときかすかなる抵抗はわ
が指につたわる

やわらかなあらがいののち包丁を受け入れて
ゆく肉のだんりょく

牛も豚も一頭一頭その味がことなると聞けば
にんげんもまた

そのままで動かずにいる動かずにいてもしず
かに寄せるさざなみ

XVI

バス停に今日の終わりの陽が差してバス待つ
人は長く伸びゆく
伝言のなかにはあらぬ一言を足してねぎらう
こともあるべし

春風を受けつつゆるき坂道を跳ねのぼりゆくぎんの空き缶

本当か嘘かはひとが決めること紙にインクはあおくにじんで

橋をゆく人には橋の見えざるを河原に立ちて見上げていたり

包まれて初めて餃子となりし日のこと思い出すこんな夜には

ひとり来て小倉遊亀《おぐらゆき》見るわが背《せな》を見つめいるひと隅に座りて

展示室暗きを出れば背後より小さきくしゃみ一つひびきぬ

微笑みが微笑むになる一瞬を目にせしのみに
揺らぐ思いは

かろうじて記憶にのこる東京をたよりに歩く
いまの東京

みずからのとめた車に戻れずに母はたたずむ
葉桜のした

透明なゼリーのなかに封じられ果肉は淡き若さを保つ

汗は塩となりてズボンに吹き出るを払い落せり駅のベンチに

壁面を伝わり落ちてくる水がじんわり濡らす夏草のいろ

文字ひとつ思い通りにならぬゆえ塗りつぶし
たり白き液にて

短冊は風に揺れつつ時としてひとの願いが裏
返りゆく

首も肢も甲羅のなかへ引っ込めることもうで
きず死にたるものは

かき氷とけて器にくれないのみずをわずかに
残せり日暮れ

ひとつだけのタイヤ回して進みゆく少女は八
分音符となって

ポテトチップス

興味ほんしんという不思議な日本語をあやつり語る中一の子は

縫い針が突き出るごとく水色のフェンスを越えて竹は伸びゆく

にんじんの新たな面を次々と生み出してゆく
組板のうえ

いつの間に分水嶺を越えたるか座席の向きに
川がながれる

小谷奈央《こだになお》・小林貴文《こばやしたかふみ》うつくしき名前に会え
り夜の鳥取

飲みさしのペットボトルが立っている７０３《ななまるさん》
にひとり戻れば

色の違う付箋貼りつつ読みすすむ昨夜は妻の
読みたる本を

液晶の画面の底にしんとして削除されたる言
葉がにおう

つうるりと燕は飛べり空間を彫刻刀のように
削りて

エスカレーター交差するとき裏側に伝票を繰
る人の手は見ゆ

くきやかに浮かんで来たる形ありわだかまり
などないよと言えば

眠れない夜には食べる父の日に子からもらい
しポテトチップス

S温泉にて

夜になると人いなくなるフロントの窓を叩いて叫ぶ人おり

源泉は三十一度しばらくを浸かり隣りの沸かし湯に入る

今宵また大浴場にひとりきりプラスチックの
桶が転がる

百円で四時間灯るテレビありざらざらとした
景色を見せて

交通事故死ゼロの記録が伸びてゆくごとく過
ぎたり六十九年

ゆがみたる窓を開ければ轟きて部屋に満ちゆく川の滾《たぎ》りは

ドトールコーヒー京都四条大橋店

夏の午後を眺めておれば永遠にねじれの位置
にある橋と川

川はしずかに街をつらぬき流れるを憎ひとり
立つ橋のなかほど

三階の窓より見られていることに気づかず誰
も橋わたり来る

やがて去る場所と思えば懐かしく見つめてい
たりグラスの氷

欄干に凭れて川を見る人に引き寄せられて人
が殖えゆく

首のべて川面をのぞき込んでおり右の手で何か指さしながら

いにしえの橋はかたちを変えたれど南西に立つ東《とう》華《か》菜《さい》館《かん》

橋わたり終えたるのちは前のみを見て歩みゆく顔に戻りぬ

ふたたびを戻ることなき午後三時　抱かれて遠くみどりごが来る

誰にでもあかるい過去があるだろうホットドッグをほおばるたびに

小走りに駆ける女を目に追えり濡れることない窓のうちより

傘を持たぬ若者ひとり流れより遅れつつすすむ橋の時間を

XVII

みどり色の島の形の看板の「ぐりる・ど・れぶん」火曜定休

二輪草のふたつの花に大小のあるを見ており

連れ立ちて来て

亡きひとに会うため登りゆく道の、谷より響くかなかなのこえ

ゆうかぜに飛び交うごとくねこじゃらし揺れる床屋の壁を背にして

最初からはんたいでしたとみんな言うそれならこうはならないものを

和菓子屋の二階の窓より伸びてきてしずかな
腕は手ぬぐいを干す

清木場《きよきば》のファンの集いへ行きしこと語れる母
はわが知らぬ母

母とともに暮らししはわずか二十年、二軒長
屋に建て増しをして

もう死んだ人とこれから死ぬ人が向き合って
立つ秋の墓苑に

捜索はついに海まで及ぶと言う豪雨に行方わ
からぬ人の

ばりぞうごんばりぞうごんの濁音をあびてく
ずれてゆく影法師

台風の名残の風の吹く町を歩めり生のサンマを提げて

まな板に切り落したるパンの耳しばらくなれど柔く震える

金華山号

一頭の馬でありしが剝製と骨格標本の二頭となりぬ

骨のない身体と身体のない骨と永久に向き合う記念館にて

あとがき

二〇一一年から二〇一四年まで、四十歳から四十四歳までの作品五〇五首を収めた第四歌集である。気が付けば四十代も後半となり、短歌を始めて二十年という歳月が過ぎた。この間、人生の上で大きな出来事がいくつか起ったが、歌の方は概ね淡々と詠み続けているように思う。

二〇一〇年にカルチャーセンターで短歌を教えるようになり、今ではいくつかの講座を持っている。それに伴って、歌の詠み方や読み方について考え、説明する機会が増えた。受講生とのやり取りを通じて新たに気づいたり得られたりすることも多い。

その一方で、本当の歌の良さというものは、説明したり分析したりできるものではないことを、あらためて強く感じる。どこが良いのか説明できてしまう歌というのは、所詮その程度なのであって、本当の歌の良さは作者の意図や計算を超えたところに存在するのだろう。

今回、歌集の原稿を読み直してみて、そうした深さにまで自分の歌が達しているかと考えると、何とも心もとない。人生も歌もまだまだ続くのだからと、自分を励ますばかりだ。

＊

吉川宏志さん、永田和宏さんはじめ、塔短歌会の皆さんにはいつも感謝しています。歌集出版にあたっては、六花書林の宇田川寛之さん、装幀の真田幸治さんに大変お世話になりました。厚く御礼申し上げます。

二〇一七年六月二八日

松村正直

初出一覧

茂み（「歌壇」二〇一一年一月号）
裏見の滝（「塔」二〇一一年四月号）
ひこうせん（「角川短歌」二〇一一年八月号）
カシューナッツ（「ＮＨＫ短歌」二〇一一年八月号）
天橋立（「毎日新聞」二〇一四年二月一〇日）
るり渓（「塔」二〇一二年一〇月号）
奈良（「塔」二〇一二年一二月号）
水玉（「詩客」二〇一二年一二月二八日号）
角のごときを（「角川短歌」二〇一三年四月号）
うすくれない（「現代短歌新聞」二〇一三年五月号）

肉と人（「塔」二〇一四年四月号）

曼珠沙華（「現代短歌新聞」二〇一三年一一月号）

寒き脇腹（「塔」二〇一四年一月号）

参鶏湯（「塔」二〇一四年二月号）

手を触れる（「塔」二〇一四年六月号、改題）

新島《しんじま》（「短歌往来」二〇一四年五月号）

肉と人、ふたたび（「現代短歌新聞」二〇一四年八月号、改題）

ポテトチップス（「現代短歌」二〇一四年九月号）

S温泉にて（「現代短歌新聞」二〇一四年一一月号）

ドトールコーヒー京都四条大橋店（「角川短歌」二〇一四年一一月号）

なお、ローマ数字Ⅰ〜ⅩⅦは、結社誌「塔」および歌会で発表した作品である。

略 歴

1970年　東京都町田市生まれ
1997年　塔短歌会入会
2001年　第一歌集『駅へ』出版
2006年　第二歌集『やさしい鮫』出版
2010年　評論集『短歌は記憶する』出版（第９回日本歌人クラブ評論賞受賞）
2013年　評伝『高安国世の手紙』出版
2014年　第三歌集『午前３時を過ぎて』出版（第１回佐藤佐太郎短歌賞受賞）
2016年　評論集『樺太を訪れた歌人たち』出版

現在、京都市在住、「塔」編集長

風のおとうと

（塔21世紀叢書第310篇）

2017年 9 月 3 日　初版発行

著　者――松 村 正 直

発行者――宇田川寛之

発行所――六花書林

〒170-0005

東京都豊島区南大塚 3 - 44 - 4　開発社内

電 話 03-5949-6307

FAX 03-3983-7678

発売――開発社

〒170-0005

東京都豊島区南大塚 3 - 44 - 4

電 話 03-3983-6052

FAX 03-3983-7678

印刷――相良整版印刷

製本――仲佐製本

ISBN978-4-907891-49-7 C0092